HÉSIODE ÉDITIONS

ARTHUR CONAN DOYLE

Notre cagnotte du Derby

Hésiode éditions

© Hésiode éditions.

1 rue Honoré - 93500 Pantin.
ISBN 978-2-38512-142-6
Dépôt légal : Janvier 2023

Impression Books on Demand GmbH

In de Tarpen 42
22848 Norderstedt, Allemagne

Notre cagnotte du Derby

Chapitre I

– Bob ! criai-je.

Pas de réponse.

– Bob !

Un rapide crescendo de ronflements s'achève en un bâillement prolongé.

– Réveillez-vous, Bob.

– Que diable signifie tout ce vacarme ? dit une voix toute endormie.

– Il est bientôt l'heure du déjeuner, expliquai-je.

– Que le diable emporte le déjeuner ! dit l'esprit rebelle de son lit.

– Et il y a une lettre, Bob, dis-je.

– Est-ce que vous ne pouviez pas le dire plus tôt ? Apportez-la tout de suite.

Et sur cette aimable invitation, j'entrai dans la chambre de mon frère et m'assis sur le bord de son lit.

– Voici la chose : timbre poste de l'Inde, timbre de la poste de Brindisi. De qui cela peut-il venir ?

– Mêlez-vous de ce qui vous regarde, Trognon, dit mon frère, rejetant en arrière ses cheveux frisés en désordre.

Puis, après s'être frotté les yeux, il se mit en devoir de rompre le cachet.

Or, s'il est un sobriquet qui m'inspire une plus profonde aversion que les autres, c'est bien celui de « Trognon ».

Une misérable bonne, impressionnée par les proportions entre ma figure ronde et grave et mes petites jambes piquetées de taches de rousseur, m'infligea ce sobriquet aux jours de mon enfance.

En réalité, je ne suis pas plus un « trognon » que n'importe quelle autre jeune fille de dix sept ans.

En la circonstance actuelle, je me dressai avec toute la dignité qu'inspire la colère, et je me préparais à bourrer de coups de traversin la tête de mon frère, quand je fus arrêtée par l'expression d'intérêt que marquait sa physionomie.

– Vous ne devineriez jamais qui va venir, Nelly, dit-il. C'était un de vos amis autrefois.

– Comment ? De l'Inde ? Ce n'est pas Jack Hawthorne ?

– Tout juste, dit Bob. Jack revient et va passer quelques jours chez nous. Il dit qu'il arrivera ici, presque en même temps que sa lettre. Ne vous mettez pas à danser comme cela. Vous ferez tomber les fusils ou vous causerez quelque autre accident. Tenez-vous tranquille comme une fille bien sage et rasseyez-vous.

Bob parlait avec toute l'autorité des vingt-deux étés qui avaient passé sur sa tête moutonnée.

Aussi je me calmai et repris ma première position.

– Comme ce sera charmant ! m'écriai-je ; mais, Bob, la dernière fois qu'il était ici, ce n'était qu'un jeune garçon, et maintenant c'est un homme. Ce ne sera plus du tout le même Jack.

– Oh ! quant à cela, dit Bob, vous n'étiez alors qu'un bout de fille, une méchante gamine avec des boucles ; tandis qu'à présent...

– Tandis qu'à présent ?... demandai-je.

On eût dit vraiment que Bob était sur le point de me faire un compliment.

– Eh bien, vous n'avez plus les boucles, et vous êtes maintenant bien plus grosse et plus mauvaise.

À un certain point de vue, c'est excellent d'avoir des frères.

Il n'est pas possible à une jeune personne qui en a, de se faire de ses mérites une opinion exagérée.

Je crois qu'à l'heure du déjeuner, tout le monde fut content d'apprendre le retour promis de Jack Hawthorne.

Par « tout le monde » j'entends ma mère, et Elsie, et Bob.

Notre cousin Salomon Barker, par contre, n'eut pas du tout l'air d'être accablé de joie quand je lançai cette nouvelle d'un ton triomphant, d'une voix haletante.

Jusqu'alors je n'y avais jamais songé, mais peut-être que ce jeune gentleman commence à s'éprendre d'Elsie et qu'il redoute un rival.

Sans cela je ne vois pas pourquoi une chose aussi simple l'aurait fait repousser son œuf, déclarer qu'il avait déjeuné superbement, et cela d'un ton agressif qui permettait de douter de sa sincérité.

Grace Maberly, l'amie d'Elsie, avait l'air très contente, selon son habitude.

Quant à moi, j'étais dans un état de joie exubérante.

Jack et moi, nous avions été camarades d'enfance.

Il avait été pour moi comme un frère plus âgé, jusqu'au jour où il était entré dans les cadets et nous avait quittés.

Que de fois Bob et lui ont grimpé aux pommiers du vieux Brown, pendant que je me tenais par-dessous et recevais le butin dans mon petit tablier blanc.

Il n'y avait guère dans ma mémoire d'escapade, guère d'aventure où Jack ne jouât un rôle de premier ordre.

Mais désormais il était « le lieutenant » Hawthorne.

Il avait fait la guerre d'Afghanistan, et, selon l'expression de Bob, c'était « un guerrier fini ».

Quelle tournure allait-il avoir ?

Je ne sais comment cette expression de « guerrier » avait fait surgir l'image de Jack en armure complète, avec des plumes au casque, altéré de sang, et s'escrimant avec une épée énorme sur un adversaire.

Après un tel exploit, je craignais bien qu'il ne condescendît plus à jouer à saute-mouton, aux charades et aux autres amusements traditionnels de

Hatherley House.

Le cousin Sol fut certainement très déprimé pendant les quelques jours qui suivirent.

On avait toutes les peines du monde à le décider à faire un quatrième aux parties de tennis.

Il témoignait une passion tout à fait extraordinaire pour la solitude et le tabac fort.

Nous tombions sur lui dans les endroits les plus inattendus, dans les massifs, le long de la rivière, et dans ces occasions, s'il lui était impossible de nous éviter, il tenait son regard rigoureusement fixé vers le lointain et refusait d'entendre nos appels féminins et de s'apercevoir qu'on agitait des ombrelles.

Cela était certainement fort peu chic de sa part.

Un soir, après dîner, je m'emparai de lui, et, me dressant de toute ma hauteur, qui atteint cinq pieds quatre pouces et demi, je me mis en devoir de lui dire ce que je pensais de lui.

C'est un procédé que Bob regarde comme le comble de la charité, car il consiste à donner libéralement ce dont j'ai moi-même le plus grand besoin.

Le cousin Sol flânait dans un rocking-chair, le Times devant lui, et regardait le feu par dessus son journal, d'un air maussade.

Je me rangeai sur son flanc et lui envoyai ma bordée.

– On dirait que nous vous avons fâché, master Barker, dis-je d'un ton de hautaine courtoisie.

– Que voulez-vous dire, Nell ? demanda mon cousin en me regardant avec surprise.

Il avait une façon bien bizarre de me regarder, le cousin Sol.

– Il semble que vous ne teniez plus à notre société, remarquai-je.

Puis, descendant soudain de mon ton héroïque :

– Vous êtes stupide, Sol. Qu'est-ce qui vous a donc pris ?

– Rien du tout, Nell, ou du moins rien qui en vaille la peine. Vous savez que je passe mon examen de médecine dans deux mois et que je dois m'y préparer.

– Oh ! dis-je, tout hérissée d'indignation, si c'est cela, alors n'en parlons plus. Naturellement, si vous préférez des os à vos jeunes parentes, c'est fort bien. Il y a des jeunes gens qui feraient de leur mieux pour se rendre agréables, au lieu de bouder dans les coins et d'apprendre à dépecer leurs semblables avec des couteaux.

Et après avoir ainsi résumé la noble science de la chirurgie, je m'occupai avec une violence exagérée à remettre en place des têtières qui n'en pouvaient mais.

Je voyais bien le cousin Sol regarder, d'un air amusé, la petite personne aux yeux bleus qui allait et venait en colère devant lui.

– Ne soufflez pas sur moi, Nell, dit-il. J'ai déjà été cueilli une fois, vous savez. En outre (et alors il prit une figure grave) vous aurez assez de distractions quand arrivera ce… comment se nomme-t-il ?… le lieutenant

Hawthorne.

— Ce n'est pas toujours Jack qui irait fréquenter les momies et les sque-
lettes, remarquai-je.

— Est-ce que vous l'appelez toujours Jack ? demanda l'étudiant.

— Naturellement. Ce nom de John, cela vous a l'air si raide.

— Oh ! oui, c'est vrai, dit mon interlocuteur d'un air de doute.

J'avais toujours, trottant dans ma tête ma théorie au sujet d'Elsie.

Je me figurai que je pourrais essayer de donner aux choses une tournure
plus gaie.

Sol s'était levé et regardait par la fenêtre.

J'allai l'y rejoindre et regardai timidement sa figure qui, d'ordinaire,
exprimait la bonhomie et qui, en ce moment, avait l'air très sombre, très
malheureuse.

En tout temps, il était très renfermé, mais je pensai qu'en le poussant un
peu je l'amènerais à un aveu.

— Vous êtes un vieux jaloux, dis-je.

Le jeune homme rougit et me regarda.

— Je connais votre secret, dis-je hardiment.

— Quel secret ? dit-il en rougissant davantage.

– Ne vous tourmentez pas, je le connais. Permettez-moi de vous dire, repris-je, devenant plus hardie encore, que Jack et Elsie n'ont jamais été très bien ensemble. Il y a bien plus de chance pour que Jack devienne amoureux de moi. Nous avons toujours été amis.

Si j'avais planté dans le corps du cousin Sol l'aiguille à tricoter que je tenais à la main, il n'aurait pas bondi plus haut.

– Grands Dieux ! s'écria-t-il.

Et je vis fort bien dans le crépuscule ses yeux noirs se fixer sur moi.

– Est-ce que vous croyez réellement que c'est votre sœur qui m'occupe.

– Certainement, dis-je d'un ton ferme, avec la conviction que je clouais mon drapeau au grand mât.

Jamais un simple mot ne produisit pareil effet.

Le cousin Sol fit un tour sur lui-même, la respiration coupée de saisissement, et sauta bel et bien par la fenêtre.

Il avait toujours eu de bizarres façons d'exprimer ses sentiments, mais cette fois-ci il s'y prit d'une manière si originale que la seule impression qui s'empara alors de moi fut celle de la stupéfaction.

Je restai là à regarder fixement dans l'obscurité croissante.

Alors je vis sur la pelouse une figure qui me regardait aussi d'un air abasourdi et stupéfait.

– C'est à vous que je pense, Nell, dit la figure.

Après quoi elle disparut.

Puis, j'entendis le bruit de quelqu'un qui courait à toutes jambes dans l'avenue.

C'était un jeune homme fort extraordinaire.

Les choses allèrent leur train quotidien à Hatherley House, malgré la déclaration d'affection qu'avait faite de manière caractéristique le cousin Sol.

Il ne me sonda jamais au sujet des sentiments que j'éprouvais à son égard et plusieurs jours se passèrent sans qu'il fît la moindre allusion à la chose.

Évidemment, il croyait avoir fait tout ce qu'il est indispensable de faire en pareilles circonstances.

Toutefois, de temps à autre, il lui arrivait de m'embarrasser terrible-ment, quand il survenait, se plantait bien devant moi, me regardait avec la fixité de la pierre, ce qui était absolument épouvantable.

– Ne faites pas ça, Sol, lui dis-je un jour, vous me faites frissonner des pieds à la tête.

– Pourquoi est-ce que je vous donne le frisson, Nelly ? dit-il. N'est-ce pas parce que vous avez de l'affection pour moi ?

– Oh ! oui, j'en ai assez, de l'affection. J'en ai pour Lord Nelson, s'il s'agit de cela, mais il ne me plairait guère que sa statue vienne se planter devant moi et reste des heures à me regarder. Voilà qui me met dans tous mes états.

– Qu'est-ce qui a pu vous mettre lord Nelson dans la tête ? dit mon cousin.

– Il est sûr que je n'en sais rien.

– Est-ce que vous avez pour moi la même affection que vous avez pour Lord Nelson, Nell ?

– Oui, seulement plus forte.

Et le pauvre Sol dut se contenter de cette petite lueur d'encouragement, car Elsie et miss Maberly entrèrent à grand bruit dans la chambre et mirent fin à notre tête-à-tête.

J'avais de l'affection pour mon cousin, c'était certain.

Je savais quel caractère simple et loyal se cachait sous son extérieur tranquille.

Et pourtant l'idée d'avoir pour amoureux Sol Barker – Sol, dont le nom même est synonyme de timidité – c'était trop incroyable.

Que ne s'éprenait-il de Grace, ou bien d'Elsie ?

Elles auraient su que faire de lui. Elles étaient plus âgées que moi. Elles pouvaient lui donner de l'encouragement ou le rabrouer, si elles aimaient mieux.

Mais Grace était occupée à flirter tout doucement avec mon frère Bob et Elsie paraissait ne se douter absolument de rien.

J'ai gardé souvenir d'un trait typique du caractère de mon cousin, que je ne puis m'empêcher de rapporter ici, bien qu'il soit tout à fait en dehors de la suite de mon récit.

C'était à l'occasion de sa première visite à Hatherley House. La femme du Recteur vint un jour nous rendre visite et la responsabilité de la recevoir échut à Sol et à moi.

Tout alla fort bien en commençant.

Sol se montra extraordinairement animé et causeur.

Malheureusement un mouvement d'hospitalité s'empara de lui, et, malgré de nombreux signes, et coups d'œil pour l'avertir, il demanda à la visiteuse s'il se permettrait de lui offrir un verre de vin.

Or, comme si la malchance l'eût voulu, notre provision venait d'être achevée, et bien que nous eussions écrit à Londres, l'envoi n'était pas encore arrivé à destination.

J'attendais la réponse, respirant à peine.

J'espérais un refus, mais quelle ne fut pas mon épouvante ! Elle accepta avec empressement.

– Ne vous donnez pas la peine de sonner, Nell, dit Sol. Je ferai le sommelier.

Et avec un sourire plein de confiance, il se dirigea vers le petit placard où l'on mettait ordinairement les carafons.

Ce fut seulement après s'être engagé à fond qu'il se rappela soudain avoir entendu dire dans la matinée qu'il n'y avait plus de vin à la maison.

Son angoisse d'esprit fut telle qu'il passa le reste de la visite de mistress

Salter dans le placard et se refusa à en sortir jusqu'à ce qu'elle fût partie.

S'il y avait eu une possibilité quelconque que le placard du vin eût une autre issue, qui aboutît ailleurs, la chose se serait arrangée, mais je savais la vieille mistress Salter parfaitement au fait de la géographie de la maison ; elle la connaissait aussi bien que moi.

Elle attendit pendant trois quarts d'heure que Sol reparût.

Puis elle s'en alla de fort mauvaise humeur.

– Mon cher, dit-elle en racontant l'histoire à son mari, et dans son indignation ayant recours à un langage presque calqué sur celui de l'Écriture, on eût dit que le placard s'était ouvert et l'avait englouti.

II

– Jack arrive par le train de deux heures, dit un matin Bob, apparaissant au déjeuner une dépêche à la main.

Je pus saisir au vol un regard de reproche que me lançait Sol, mais cela ne m'empêcha point de manifester ma joie à cette nouvelle.

– Nous nous amuserons énormément quand il sera là, dit Bob. Nous viderons l'étang à poissons. Nous nous divertirons à n'en plus finir. N'est-ce pas, Sol, ce sera charmant.

L'opinion de Sol sur ce que cela pouvait avoir de charmant était évidemment de celles que l'on ne peut rendre par des paroles, car il ne répondit que par un grognement inarticulé.

Ce matin-là, je songeai longuement à Jack dans le jardin.

Après tout, je me faisais grande fille, ainsi que Bob me l'avait rappelé un peu rudement.

Il me fallait désormais me montrer réservée dans ma conduite.

Un homme, en chair et en os, avait bel et bien jeté sur moi un regard épris.

Quand j'étais une enfant, que j'eusse Jack derrière moi et qu'il m'embrassât, cela pouvait aller le mieux du monde mais désormais je devais le tenir à distance.

Je me rappelai qu'un jour il me fit présent d'un poisson crevé qu'il avait tiré du ruisseau de Hatherley, et que je rangeai cet objet parmi mes trésors les plus précieux, jusqu'au jour où une odeur traîtresse qui se répandait dans la maison fut cause que ma mère écrivit à M. Burton une lettre pleine d'injures, parce que celui-ci avait déclaré que notre système de drainage était aussi parfait qu'on pouvait le désirer.

Il faut que j'apprenne à être d'une politesse guindée qui tient les gens à distance.

Je me représentai notre rencontre, et j'en fis une répétition.

Le massif de chèvrefeuille représentant Jack, je m'en approchai solennellement, je lui fis une révérence majestueuse et lui adressai ces paroles, en lui tendant la main.

– Lieutenant Hawthorne, je suis fort heureuse de vous voir.

Elsie survint pendant que je me livrais à cet exercice ; elle ne fit aucune observation, mais au lunch, je l'entendis demander à Sol si l'idiotie se transmettait dans une famille, ou si elle restait bornée aux individus.

À ces mots, le pauvre Sol rougit terriblement et se mit à bafouiller de la façon la plus confuse en voulant donner des explications.

III

La cour de notre ferme donne sur l'avenue à peu près à égale distance de Hatherley House et de la loge.

Sol, moi, et master Nicolas Cronin, fils d'un esquire du voisinage, nous y allâmes après le lunch.

Cette imposante démonstration avait pour objet de mater une révolte qui avait éclaté dans le poulailler.

Les premières nouvelles de l'insurrection avaient été apportées à la maison par le petit Bayliss, fils et héritier de l'homme préposé aux poules, et on avait requis instamment ma présence.

Qu'on me permette de dire en passant que la volaille était le département d'économie domestique dont j'étais tout spécialement chargée ; et qu'il n'était pris aucune mesure en ce qui les concernait, sans qu'on eût recours à mes conseils et à mon aide.

Le vieux Bayliss sortit en clopinant à notre arrivée et me donna de grands détails sur l'émeute. Il paraît que la poule à crête et le coq de Bantam avaient acquis des ailes d'une longueur telle qu'ils avaient pu voler jusque dans le parc et que l'exemple donné par ces meneurs avait été contagieux, au point que de vieilles matrones de mœurs régulières, telles que les Cochinchinoises aux pattes arquées, avaient manifesté de la propension au vagabondage et poussé des pointes jusque sur le terrain défendu.

On tint un conseil de guerre dans la cour, et l'on décida à l'unanimité que les mutins auraient les ailes rognées.

Quelle course folle nous fîmes ! Par nous, j'entends master Cronin et moi, car le cousin Sol restait à planer dans le lointain, les ciseaux à la main, et à nous encourager.

Les deux coupables se doutaient évidemment pourquoi on les réclamait, car ils se précipitaient sous les meules de foin, ou par dessus les cages au point qu'on eût cru avoir affaire à une demi-douzaine au moins de poules à crête et de coqs Bantam, jouant à cache-cache dans la cour.

Les autres poules avaient l'air de s'intéresser sans vacarme aux événements et se contentaient de lancer de temps à autre un gloussement moqueur.

Toutefois, il n'en était pas de même de l'épouse favorite du Bantam.

Elle nous injuriait positivement du haut de son perchoir.

Les canards formaient la partie la plus indisciplinable de cette réunion, car bien qu'ils n'eussent rien à voir dans les débuts de ce désordre, ils témoignaient vivement leur intérêt pour les fuyards, couraient après eux de toute la vitesse de leurs courtes pattes jaunes et embarrassaient les pas des poursuivants.

– Nous la tenons, criai-je toute haletante, quand la poule à crête fut cernée dans un angle. Attrapez-la, master Cronin. Ah ! vous l'avez manquée ! Vous l'avez manquée ! Arrêtez-la, Sol. Oh ! mon Dieu ! Elle arrive de mon côté.

– C'est très bien, miss Montague, s'écria master Cronin, pendant que j'attrapais par les pattes la malheureuse volatile et que je me disposais à la mettre sous mon bras pour l'empêcher de reprendre la fuite. Permettez-moi de vous la tenir.

– Non, non, je vous prie d'attraper le coq. Le voilà ! Tenez, là, derrière la meule de foin ! Passez d'un côté, je passe de l'autre.

– Il s'en va par la grande porte, cria Sol.

– Chou ! criai-je à mon tour, Chou ! Oh ! il est parti.

Et nous nous élançâmes tous deux dans le parc pour l'y poursuivre.

On tourna l'angle, on passa dans l'avenue, où je me trouvai face à face avec un jeune homme à figure très halée, en complet à carreaux, qui se dirigeait vers la maison, en flânant.

Il n'y avait pas à se méprendre avec ces yeux gris et rieur.

Lors même que je ne l'aurais pas regardé, un instinct, j'en suis sûre, m'aurait dit que c'était Jack.

M'était-il possible d'avoir un air digne, avec la poule à crête fourrée sous mon bras ?

Je fis un effort pour me redresser, mais le gredin d'oiseau semblait se douter qu'il avait enfin trouvé un protecteur, car il se mit à piauler avec un redoublement de violence.

Dans mon désespoir, je la lâchai et j'éclatai de rire.

Jack en fit autant.

– Comment ça va-t-il, Nell ? dit-il en me tendant la main.

Puis, d'une voix qui marquait l'étonnement :

– Tiens, vous n'êtes plus du tout comme quand je vous ai vue pour la dernière fois.

– Ah ! alors je n'avais pas une poule sous le bras, dis-je.

– Qui aurait cru que la petite Nelly serait jamais devenue une femme ? dit Jack tout entier encore à sa stupéfaction.

– Vous ne vous attendiez pas à ce que je devienne un homme en grandissant, n'est-ce pas ? dis-je avec une profonde indignation.

Et alors, renonçant brusquement à toute réserve :

– Nous sommes rudement contents de votre arrivée, Jack. Ne vous pressez pas tant d'aller à la maison. Venez nous aider à attraper le coq bantam.

– Vous avez bien raison, dit Jack avec sa voix si gaie d'autrefois. Allons !

Et nous voici tous les trois à courir comme des fous, à travers le parc, pendant que le pauvre Sol s'empressait à notre aide, embarrassé à l'arrière-garde avec les ciseaux et la prisonnière.

Jack avait son costume très froissé pour un homme en visite, quand il présenta ses respects à maman dans l'après-midi, et mes rêves de dignité et de réserve étaient dispersés à tous les vents.

IV

Ce mois de mai, nous eûmes à Hatherley House une véritable troupe.

C'était Bob, et Sol, et Jack Hawthorne, et master Nicolas Cronin. C'était, d'autre part, miss Maberly, et Elsie, et maman, et moi.

En cas de nécessité, nous pouvions recruter dans les résidences des environs une demi-douzaine d'invités, de manière à pouvoir former un auditoire quand on produisait des charades ou des pièces, de notre cru.

Master Nicolas Cronin, jeune étudiant d'Oxford, adonné aux sports et plein de complaisance, fut, de l'avis de tous, une acquisition utile, car il était doué d'un étonnant talent pour l'organisation et l'exécution.

Jack ne montrait pas, tant s'en faut, autant d'entrain qu'autrefois.

En fait, nous fûmes unanimes à l'accuser d'être amoureux, ce qui lui fit prendre cet air nigaud qu'ont les jeunes gens en pareille circonstance, mais il n'essaya point de se disculper de cette charmante imputation.

– Qu'allons-nous faire aujourd'hui ? dit un matin Bob. Quelqu'un de vous a-t-il une idée ?

– Vider l'étang, dit master Cronin.

– Nous n'avons pas assez d'hommes, dit Bob. Passons à autre chose.

– Il faut organiser une cagnotte pour le Derby, dit Jack.

– Oh ! on a du temps de reste pour cela : les courses n'auront lieu que dans la seconde semaine. Voyons, autre chose ?

– Le Lawn-tennis, suggéra Sol, avec hésitation.

– Du Lawn-tennis, il n'en faut pas.

– Vous pourriez organiser une dînette à l'Abbaye d'Hatherley, dis-je.

– Superbe, s'écria masser M. Cronin, c'est bien cela. Qu'en dites-vous,

Bob ?

– Une idée de première classe, dit mon frère, adoptant la proposition avec empressement.

Les repas sur l'herbe sont très aimés de ceux qui en sont à la première phase de la tendre passion.

– Eh bien, comment nous y rendrons-nous, Nell ? dit Elsie.

– Je n'irai pas du tout, dis-je. J'y tiendrais énormément, mais j'ai à planter ces fougères que Sol est allé me chercher. Vous feriez mieux d'aller à pied. Ce n'est qu'à trois milles, et on pourrait envoyer d'avance le petit Bayliss avec le panier de provisions.

Il surgit alors un autre obstacle.

Le lieutenant s'était donné une entorse la veille. Il n'en avait jusqu'alors parlé à personne, mais à présent, ça commençait à lui faire mal.

– Vraiment, pourrais pas, dit Jack, trois milles à l'aller, trois au retour.

– Allons, venez, ne faites pas le fainéant, dit Bob.

– Mon cher garçon, dit le lieutenant, j'ai fait assez de marches pour le reste de ma vie. Si vous aviez vu avec quelle ardeur notre énergique général me poussait de Kaboul à Kandahar, vous auriez pitié de moi.

– Laissons le vétéran tranquille, dit master Nicolas Cronin.

– Ayons pitié de ce soldat blanchi sous le harnais, remarqua Bob.

– Assez blagué comme cela ! fit Jack. Je vais vous dire ce que je compte faire, reprit-il en se ranimant. Vous me donnerez la charrette anglaise, Bob, et je la conduirai en compagnie de Nell, dès qu'elle aura fini de planter ses fougères. Nous pourrons nous charger du panier. Vous venez, n'est-ce pas, Nell ?

— C'est entendu, dis-je.

Bob donna son approbation à cet arrangement, et tout le monde fut content, à l'exception de master Salomon Barker, qui jeta sur le militaire un regard imprégné d'une indulgente malice.

L'affaire définitivement convenue, toute la troupe alla faire les préparatifs, et ensuite on partit par l'avenue.

V

On ne saurait croire à quel point l'état de la cheville s'améliora dès que le dernier de la bande eut disparu au tournant de la haie.

Quand les fougères eurent été plantées, quand le gig fut attelé, Jack avait retrouvé toute son activité, toute sa vivacité.

— Il me semble que vous avez mis bien peu de temps à guérir, dis-je pendant que nous trottions à travers les méandres du petit sentier champêtre.

— En effet, dit Jack, c'est que je n'avais rien du tout, Nell. Je voulais causer avec vous.

— Vous n'allez pas me soutenir que vous avez dit un mensonge pour pouvoir causer avec moi ? protestai-je.

— J'en dirais quarante, dit Jack avec aplomb.

J'étais tellement perdue dans la contemplation de pareils abîmes de scélératesse dans le caractère de Jack, que je ne fis plus aucune riposte.

Je me demandai si Elsie serait flattée ou indignée qu'on lui parlât de commettre un tel nombre de mensonges pour elle.

– Nous avons toujours été si bons amis quand nous étions enfants, Nell, commença mon compagnon.

– Oui, dis-je en baissant les yeux sur la couverture jetée sur nos genoux.

Je commençais à ce moment à devenir une jeune personne d'une grande expérience, comme vous le voyez, et à comprendre ce que signifient certaines inflexions de la voix masculine.

Ce sont des choses que l'on n'acquiert que par la pratique.

– Vous n'avez pas l'air d'avoir autant d'affection pour moi que vous en aviez alors, dit Jack.

J'étais toujours absorbée entièrement par l'examen de la peau de léopard que j'avais devant moi.

– Savez-vous, Nelly, reprit Jack, que quand je campais en plein air dans les passes glacées de l'Himalaya, quand je voyais l'armée ennemie rangée en bataille devant moi, bref… reprit-il en prenant soudain un ton passionné, tout le temps que j'ai passé dans ce maudit trou d'Afghanistan, je n'ai pas eu d'autre pensée que celle de la fillette que j'avais laissée en Angleterre.

– Vraiment ! dis-je à demi-voix.

– Oui, dit Jack, j'ai emporté votre souvenir dans mon cœur, et quand je suis revenu, vous n'étiez plus une fillette. Je vous ai retrouvée belle femme, Nelly, et je me suis demandé si vous aviez oublié les jours d'autrefois.

Jack commençait à devenir très poétique dans son enthousiasme.

Pendant ce temps, il avait abandonné complètement à son initiative le vieux poney, qui se laissait aller, lui, à son penchant chronique, celui de s'arrêter pour admirer le paysage.

— Voyons, Nelly, dit Jack, avec une défaillance dans la respiration, comme quand on va tirer la corde de sa douche en pluie, une des choses que l'on apprend en faisant campagne, c'est à mettre la main sur les bonnes choses dès qu'on les aperçoit. Pas de retard, pas d'hésitation, car on ne sait pas si quelque autre ne va pas l'emporter pendant qu'on cherche à prendre son parti.

— Nous y venons, me dis-je avec désespoir, et il n'y a pas de fenêtre par où Jack puisse se jeter dès qu'il aura fait le plongeon.

J'en étais venue à former une association d'idées entre celle d'amour et celle de saut par la fenêtre et cela datait de l'aveu du pauvre Sol.

— Ne croyez-vous pas, Nell, dit Jack, que vous auriez pour moi assez d'affection pour lier éternellement votre existence à la mienne ? Voudriez-vous être ma femme, Nelly ?

Il ne sauta pas même à bas du véhicule.

Il y resta, assis près de moi, me regardant avec ses brillants yeux gris, pendant que le poney allait flânant, et broutant les fleurs des deux côtés de la route.

Très évidemment il tenait à obtenir une réponse.

Je ne sais comment je crus voir une figure pâle et timide me regarder d'un fond obscur et entendre la voix de Sol me faisant sa déclaration d'amour.

Pauvre garçon, après tout il s'était mis le premier en campagne !

– Le pourriez-vous, Nell ? demanda Jack une fois de plus.

– J'ai beaucoup d'affection pour vous, Jack, lui dis-je en le regardant avec un certain trouble, mais…

Comme sa figure s'altéra, à ce monosyllabe :

– … Mais je ne crois, pas que mon affection aille jusque-là. En outre, je suis si jeune, voyez-vous. Je crois bien que votre proposition me vaudrait beaucoup de compliments et le reste, mais il ne faut plus songer à moi à ce point de vue.

– Alors vous me refusez, dit Jack en pâlissant légèrement.

– Pourquoi ne vous adressez-vous pas à Elsie, m'écriai-je dans mon désespoir. Pourquoi tout le monde s'adresse-t-il à moi ?

– Ce n'est pas Elsie que je veux, s'écria Jack en lançant au poney un coup de fouet qui surprit un peu ce quadrupède à l'allure peu pressée. Qu'est-ce que veut dire ce « tout le monde », Nell ?

Pas de réponse.

– Je vois ce que c'est, dit Jack avec amertume. J'ai remarqué ce cousin, qui est toujours après vous, depuis que je suis ici. Vous êtes engagée avec lui ?

– Non, non, je ne le suis pas.

– Que Dieu en soit loué ! répondit dévotement Jack. Il y a encore de l'espoir. Peut-être, avec le temps, en viendrez-vous à de meilleures idées. Dites-moi, Nell, aimez-vous beaucoup ce nigaud d'étudiant en médecine ?

– Ce n'est pas un nigaud, dis-je avec indignation, et je l'aime tout autant que je vous aimerai jamais.

– Vous pourriez l'aimer tout autant sans beaucoup l'aimer, dit Jack d'un ton boudeur.

Puis ni l'un ni l'autre ne dîmes mot, jusqu'au moment où un grand cri poussé en chœur par Bob et master Cronin annonça l'arrivée du reste de la troupe.

VI

Si la partie de campagne fut réussie, cela fut dû entièrement aux efforts de ce dernier gentleman.

Trois amoureux sur quatre personnes, c'est hors de proportion, et il fallut toutes ses facultés de boute-en-train pour compenser l'effet désastreux de l'humeur des autres.

Bob avait l'air de ne voir que les charmes de miss Maberly.

La pauvre Elsie restait à se morfondre dans l'isolement, pendant que mes deux admirateurs passaient leur temps à se regarder, puis à me regarder tour à tour.

Mais master Cronin lutta courageusement contre cet état de choses décourageant, se rendit agréable à tous, en explorant des ruines ou débouchant des bouteilles avec la même véhémence, la même énergie.

Le cousin Sol, en particulier, se montrait découragé et dépourvu d'entrain.

Il était convaincu, j'en suis sûre, que mon voyage en tête-à-tête avec Jack avait été arrangé d'avance entre nous. Mais il y avait dans son expression plus de peine que de colère.

Jack, au contraire, j'ai regret de le dire, se montrait nettement agressif.

Ce fut même cela qui me décida à choisir mon cousin pour m'accompagner dans la promenade à travers bois qui suivit le lunch.

Jack avait fini par prendre des airs de propriétaire si provocants que j'étais résolue à en finir une fois pour toutes.

Je lui en voulais aussi d'avoir pris l'air d'être cruellement mortifié par mon refus et d'avoir voulu dénigrer par derrière le pauvre Sol.

Il s'en fallait beaucoup que je fusse éprise de l'un ou de l'autre, mais après tout, avec mes idées juvéniles de lutte à armes égales, j'étais révoltée de voir l'un ou l'autre prendre une avance que je regardais comme un avantage mal acquis.

Je sentais que si Jack n'était pas revenu, j'aurais fini à la longue par agréer mon cousin.

D'autre part, si ce n'avait été Sol, je n'aurais jamais pu refuser Jack.

Pour le moment, je les aimais tous les deux trop pour favoriser l'un ou l'autre.

« Comment cela finira-t-il ? je me le demande » ; pensai-je. Il faut que je fasse quelque chose de décisif dans un sens ou dans l'autre, à moins que, peut-être, le meilleur parti soit d'attendre et de voir ce que l'avenir amènera.

Sol montra une légère surprise quand je le choisis pour compagnon, mais il accepta avec un sourire de gratitude.

Son esprit parut considérablement soulagé.

– Ainsi donc, je ne vous ai point encore perdue, Nell, me dit-il à demi-voix, pendant que nous nous enfoncions sous les grands arbres et que les voix de la troupe nous arrivaient de plus en plus affaiblies par l'éloignement.

– Personne ne peut me perdre, dis-je, car jusqu'à présent personne ne m'a gagnée. Je vous en prie, ne parlez plus de cela. Ne pourriez-vous pas causer comme vous le faisiez il y a deux ans, et ne pas être si épouvantablement sentimental ?

– Vous saurez un jour pourquoi, Nell, dit l'étudiant d'un ton de reproche. Attendez jusqu'au jour où vous connaîtrez vous-même l'amour ; alors vous comprendrez.

Je fis une légère moue d'incrédulité.

– Asseyons-nous ici, Nell, dit le cousin Sol, en me dirigeant habilement vers un petit tertre couvert de fraisiers et de mousse, et se perchant sur une souche d'arbre à côté de moi. Maintenant, tout ce que je vous demande, c'est de répondre à une ou deux questions. Après cela je ne vous persécuterai plus.

Je m'assis, l'air résigné, les mains sur les genoux.

– Êtes-vous fiancée au lieutenant Hawthorne ?

– Non, répondis-je avec énergie.

– Est-ce que vous l'aimez mieux que moi ?

– Non ; je ne l'aime pas mieux.

Le thermomètre du bonheur de Sol marqua au moins cent degrés à l'ombre.

– Est-ce que vous m'aimez mieux que lui, Nelly fit-il d'une voix très tendre.

– Non.

Le thermomètre redescendit au-dessous de zéro.

– Voulez-vous dire que nous sommes, à vos yeux, exactement au même niveau ?

– Oui.

– Mais il vous faudra choisir entre nous un jour, vous savez, dit le cousin Sol d'un ton de doux reproche.

– Je voudrais bien qu'on ne me tourmente pas ainsi, m'écriai-je en me fâchant, ce que font d'ordinaire les femmes quand elles ont tort. Vous ne m'aimez pas du tout. Autrement vous ne seriez pas ainsi à me harceler. Je crois qu'à vous deux vous finirez par me rendre folle.

Et alors je parus sur le point d'éclater en sanglots, en même temps que la faction Barker manifestait des indices de consternation et de défaite.

– Est-ce que vous ne voyez pas ce qui en est, Sol ? dis-je en riant à travers mes larmes de son air déconfit. Supposez que vous ayez été élevé avec deux jeunes filles, que vous en soyez venu à les aimer beaucoup toutes deux, mais que vous n'ayez jamais eu de préférence pour l'une, que vous n'ayez jamais eu l'idée d'épouser l'une ou l'autre. Puis, qu'on vous dise comme cela, à brûle pourpoint, que vous devez choisir l'une d'elles, et rendre ainsi l'autre très malheureuse, vous trouveriez, n'est-ce pas, que ce n'est pas chose facile.

– En effet, je ne le trouve pas, dit l'étudiant.

– Alors vous ne pouvez pas me blâmer.

– Je ne vous blâme pas, Nelly, répondit-il en s'attaquant avec sa canne à une grande digitale pourpre. Je trouve que vous avez parfaitement le droit de vouloir être sûre de vos dispositions. Il me semble, continua-t-il – en parlant d'une voix un peu hachée, mais disant ce qu'il pensait, en vrai gentleman anglais qu'il était – il me semble que ce Hawthorne est un excellent garçon. Il a plus vu le monde que moi. Il fait, il dit toujours ce qu'il y a de mieux à faire et à dire, et quand il le faut, et certainement ce n'est point là un des traits de mon caractère. Puis il est de bonne famille. Il a un bel avenir. Je devrais, je pense, vous savoir beaucoup de gré de votre hésitation, Nell, et la regarder comme une preuve de votre bon cœur.

– Nous ne parlerons plus de cela, dis-je en pensant, à part moi, que ce garçon-là était d'une nature bien plus fine que celui dont il faisait l'éloge. Tenez, ma jaquette est toute tachée par ces affreux champignons. Je me demande où sont les autres en ce moment.

Il ne fallut pas bien longtemps pour les découvrir.

Tout d'abord nous entendîmes des cris et des rires qui retentissaient dans les échos des longues clairières.

Puis, comme nous nous avancions dans cette direction, nous fûmes stupéfaits de voir la flegmatique Elsie courant à toutes jambes par le bois, sans chapeau, sa chevelure flottant au vent.

Ma première idée fut qu'il était arrivé une effrayante catastrophe – peut-être des brigands, ou un chien enragé – et je vis la forte main de mon compagnon se crisper sur sa canne.

Mais lorsque nous fûmes près de la fugitive, nous apprîmes que tout le tragique de la chose se réduisait à une partie de cache-cache organisée par l'infatigable master Cronin.

Comme on s'amusa, en se courbant, se cachant, courant parmi les chênes de Hatherley.

Quelle horreur aurait éprouvée le bon vieil abbé qui les avait plantés et comme la longue procession de moines en robe noire se serait mise à marmotter ses oraisons !

Jack refusa de prendre part au jeu, en alléguant sa cheville malade, et resta à fumer sous un arbre, l'air fort boudeur, en jetant sur Salomon Barker des regards pleins d'une sombre haine, pendant que ce dernier gentleman participait au jeu avec enthousiasme et se distinguait en se faisant toujours prendre et ne prenant jamais personne.

VII

Pauvre Jack ! Il fut certainement très malheureux ce jour-là.

Même un amoureux accueilli favorablement eût été quelque peu désorienté, je crois, par un incident survenu pendant notre retour à la maison.

Il avait été convenu que nous reviendrions tous à pied. La charrette avait été déjà renvoyée avec le panier vide, de sorte que nous prîmes par l'Allée des Épines, et ensuite à travers champs.

Nous étions occupés justement à franchir une barrière à claire-voie pour traverser la pièce de terre de dix acres du père Brown, quand master Cronin revint en arrière et dit que nous ferions mieux de prendre la route.

— La route ? dit Jack. C'est absurde. Nous gagnons un quart de mille par ce champ.

— Oui, mais il y a quelque danger. Nous ferions mieux de faire le tour.

— Où est le danger ? fit notre militaire en tortillant sa moustache d'un air dédaigneux.

— Oh ! ce n'est rien, dit Cronin. Ce quadrupède qui est au milieu du pré, c'est un taureau, et un taureau qui n'a pas très bon caractère. Voilà tout. Je ne suis pas d'avis de laisser aller les dames.

— Nous n'irons pas, dirent en chœur les dames.

— Alors suivons la haie pour regagner la route, suggéra Sol.

— Vous irez par où il vous plaira, dit Jack d'un ton grognon. Quant à moi, je passe par le pré.

— Ne faites pas le fou, Jack, dit mon frère.

— C'est bon pour vous autres de penser à tourner le dos à une vieille vache ; moi je ne trouve pas. Cela blesse mon amour-propre, voyez-vous, et je vous rejoindrai de l'autre côté de la ferme.

Et, ce disant, Jack boutonna son habit d'un air truculent, brandit sa canne avec jactance et entra dans la prairie de dix acres.

On se groupa près de la barrière et on suivit d'un regard anxieux les événements.

Jack fit de son mieux pour avoir l'air absorbé par la contemplation du paysage et de l'état probable du temps, car il jetait des regards autour de lui et vers les nuages d'un air préoccupé.

Toutefois ses coups d'œil partaient du côté taureau et y revenaient je ne sais comment.

L'animal, après avoir examiné longuement et fixement l'intrus, avait battu en retraite dans l'ombre de la haie sur un des côtés, et Jack suivait le grand axe du champ.

– Ça va bien, dis-je, il s'est écarté du chemin.

– Je crois qu'il le fait marcher, dit master Nicolas Cronin. C'est un animal plein de méchanceté et de roublardise.

Master Cronin finissait à peine ces mots que le taureau sortit de l'ombre de la haie, et se mit à frapper du pied en secouant sa tête noire à l'expression mauvaise.

À ce moment Jack était au milieu du pré et affectait de ne pas remarquer son adversaire, tout en hâtant un peu le pas.

La manœuvre, que fit ensuite le taureau, consista à décrire rapidement deux ou trois petits cercles.

Puis il s'arrêta, lança un mugissement, baissa la tête, dressa la queue et se dirigea sur Jack de toute sa vitesse.

Ce n'était plus le moment de feindre d'ignorer l'existence de l'animal.

Jack regarda un instant autour de lui.

Il n'avait d'autre arme que sa petite canne, pour tenir tête à cette demi-tonne de viande en colère qui accourait sur lui au pas de charge.

Il fit la seule chose qui fut possible, c'est à dire qu'il courut vers la haie de l'autre côté du pré.

Tout d'abord Jack eut la condescendance de courir, mais ensuite il se mit à un trot tranquille, méprisant, une sorte de compromis entre sa dignité et sa crainte, chose si plaisante que, malgré notre effroi, nous éclatâmes de rire en chœur.

Peu à peu, toutefois, comme il entendait le galop des sabots se rapprocher, il hâta le pas, et finit par prendre pour tout de bon la fuite pour trouver un abri.

Son chapeau s'était envolé, les basques de son habit voltigeaient au vent, et son ennemi n'était plus qu'à dix yards de lui.

Quand même notre héros de l'Afghanistan aurait eu à ses trousses toute la cavalerie d'Ayoub Khan, il n'aurait pu parcourir cet espace en moins de minutes.

Si vite qu'il allât, le taureau allait plus vite encore, et ils parurent atteindre la haie en même temps.

Nous vîmes Jack s'y enfoncer hardiment, et une seconde après il en sortit de l'autre côté, d'un trait, comme s'il avait été projeté par un canon, pendant que le taureau lançait une série de mugissements triomphants à travers le trou fait par Jack.

Nous éprouvâmes une sensation de soulagement en voyant Jack se secouer pour se mettre en route dans la direction de la maison sans jeter un regard de notre côté.

Lorsque nous arrivâmes, il s'était retiré dans sa chambre et ce fut seulement le lendemain au déjeuner qu'il reparut, boitant et l'air fort déconfit.

Mais aucun de nous n'eut la cruauté de faire allusion à l'événement, et par un traitement judicieux nous l'eûmes remis dans son état normal de bonne humeur avant l'heure du lunch.

VIII

C'était deux jours après la partie de campagne que devait se tirer notre grande cagnotte du Derby.

C'était une cérémonie annuelle qu'on n'omettait jamais à Hatherley House.

En comptant les visiteurs et les voisins il y avait généralement autant de demandes de tickets qu'il y avait de chevaux engagés.

— La cagnotte se tire ce soir, Mesdames et Messieurs, dit Bob en qualité de maître de la maison. Le montant est de dix shillings. Le second a un quart de la masse, le troisième rentre dans sa mise. Personne ne peut prendre plus d'un billet, ni vendre son billet après l'avoir pris.

Tout cela fut proclamé par Bob d'une voix très pompeuse, très officielle, bien que l'effet en fût un peu amoindri par un sonore « Amen » de master Nicolas Cronin.

IX

Il me faut maintenant renoncer au style personnel pour un moment.

Jusqu'à présent, ma petite histoire s'est composée simplement d'une série d'extraits de mon journal particulier, mais j'ai maintenant à raconter une scène que je n'appris qu'au bout de bien des mois.

Le lieutenant Hawthorne, ou Jack, comme je ne puis m'empêcher de l'appeler, avait été fort tranquille depuis la partie de campagne, et il s'était adonné à la rêverie.

Or, le hasard voulut que master Salomon Barker vînt au fumoir après le lunch, le jour de la cagnotte, et qu'il y trouvât le lieutenant assis et faisant de la fumée, pour distraire sa grandeur solitaire.

Battre en retraite eût paru une lâcheté.

Aussi l'étudiant s'assit-il sans mot dire et se mit à feuilleter le Graphic.

Les deux rivaux trouvaient la situation également embarrassante.

Ils avaient pris l'habitude de mettre le plus grand soin à s'éviter et maintenant ils se trouvaient brusquement mis face à face, sans qu'un tiers fût là pour jouer le rôle de tampon.

Le silence finissait par devenir pénible.

Le lieutenant bâilla, toussa avec une nonchalance mal jouée et continua à examiner d'un air sombre le journal qu'il tenait.

Le tic-tac de la pendule, le choc des billes qui arrivait de l'autre côté du corridor, où se trouvait la salle de billard, prenaient une intensité et une monotonie qui, à la longue, devenaient insupportables.

Sol leva les yeux une fois, mais il rencontra les yeux de son compagnon, qui venait de faire exactement la même chose.

Les deux jeunes gens se donnèrent aussitôt l'air de s'intéresser profondément, exclusivement aux dessins du plafond.

— Pourquoi me quereller avec lui ? pensait Sol à part lui. Après tout, je ne demande qu'à jouer à chances égales. Probablement je serai mal accueilli, mais je ne risque rien à lui offrir une entrée en conversation.

Le cigare de Sol s'était éteint : l'occasion était trop favorable pour la laisser passer.

— Auriez-vous l'obligeance de me donner une allumette, Lieutenant ? demanda-t-il.

Le lieutenant était désolé, extrêmement désolé, mais n'avait pas la moindre allumette.

C'était un mauvais début.

La politesse glaciale vous tient plus à distance que la grossièreté proprement dite. Mais master Salomon Barker, comme la plupart des gens timides, était l'audace même, dès que la glace avait été rompue.

Il ne voulait plus de ces coups d'épingle, de ces malentendus ; le moment était venu des mesures définitives.

Il poussa son fauteuil jusqu'au milieu de la chambre et se planta en face du militaire étonné.

— Vous faites la cour à miss Nelly Montague, dit-il.

Jack se leva de son canapé aussi promptement que si le taureau du fermier Brown était entré par la fenêtre.

— Et si je la fais, dit-il en tortillant sa moustache roussie, que diable cela peut-il vous faire ?

— Ne vous emportez pas, dit Sol, rasseyez-vous ; et causons de l'affaire en gens raisonnables. Je l'aime, moi aussi.

— Où diable cet individu veut-il en venir ? se demanda Jack en se ressayant, et tout fumant encore de la récente explosion.

— En un mot comme en cent, le fait est que nous l'aimons tous les deux, reprit Sol en soulignant sa remarque d'un mouvement de son doigt osseux.

— Et après ? dit le lieutenant, donnant quelques indices d'une rechute. Je suppose que le plus favorisé l'emportera, et que la jeune personne est parfaitement en état de faire elle-même son choix. Vous ne vous attendez pas, n'est-ce pas, à ce que je me retire de la course, uniquement parce que vous tenez à gagner le prix ?

— C'est bien cela, s'écria Sol, il faudra que l'un de nous deux se retire. Vous avez émis la bonne idée. Vous voyez, Nelly, miss Montague veux-je dire, vous aime mieux que moi, autant que je puis voir, mais elle m'aime encore assez pour ne pas vouloir m'affliger par un refus formel.

— L'honnêteté m'oblige à reconnaître, dit Jack d'un ton plus conciliant que celui dont il avait parlé jusqu'alors, que Nelly, miss Montague, veux-je dire, vous aime mieux que moi, mais que, néanmoins, elle m'aime encore assez pour ne pas préférer mon rival ouvertement, en ma présence.

– Je ne suis pas de votre avis, dit l'étudiant. À vrai dire, je crois que vous vous trompez, car elle me l'a dit en propres termes. Toutefois, ce que vous dites nous permettra d'arriver plus facilement à nous entendre. Il est parfaitement évident que tant que nous nous montrerons également amoureux d'elle, aucun de nous deux ne peut avoir le moindre espoir de faire sa conquête.

– Il y a quelque bon sens dans cela, dit le lieutenant, d'un air réfléchi, mais que proposez-vous ?

– Je propose que l'un de nous se retire, pour employer votre expression. Il n'y a pas d'autre alternative.

– Mais qui devra se retirer ? demanda Jack.

– Ah ! voilà la question.

– Je puis alléguer que je la connais depuis plus longtemps.

– Je puis alléguer que j'ai été le premier à l'aimer.

L'affaire semblait arrivée à un point mort. Ni l'un ni l'autre des jeunes gens n'était, si peu que ce fût, disposé à abdiquer en faveur de son rival.

– Voyons, dit l'étudiant, si nous tirions au sort.

Cela paraissait équitable, tous deux en tombèrent d'accord. Mais il surgit une nouvelle difficulté.

Tous deux éprouvaient une répugnance sentimentale à risquer l'ange de leurs rêves sur une chance aussi mesquine que la chute d'une pièce de monnaie ou la longueur d'une paille.

Ce fut en ce moment critique que le lieutenant Hawthorne eut une inspiration.

– Je vais vous dire de quelle façon nous allons trancher l'affaire, proposa-t-il. Vous et moi nous sommes inscrits pour la cagnotte de notre Derby. Si votre cheval bat le mien, je renonce à ma chance. Si le mien bat le vôtre, vous renoncez pour toujours à miss Montague. Est-ce marché conclu ?

– Je n'ai qu'une réserve à faire, dit Sol. C'est dans deux jours qu'auront lieu les courses. Pendant ce temps-là, aucun de nous ne devra rien faire pour gagner sur l'autre un avantage déloyal. Nous conviendrons tous les deux d'ajourner notre cour jusqu'à ce que la chose soit décidée.

– Convenu ! dit le soldat.

– Convenu ! dit Salomon.

Et tous deux scellèrent l'engagement d'une poignée de mains.

X

Ainsi que je l'ai fait remarquer, je ne savais rien de l'entretien qui avait eu lieu entre mes prétendants.

Je puis dire incidemment que, pendant ce temps-là, j'étais dans la bibliothèque, ou j'écoutais du Tennyson, que me lisait de sa voix sonore et musicale master Nicolas Cronin.

Toutefois, je m'aperçus, dans la soirée, que ces deux jeunes gens montraient un entrain singulier au sujet de leurs chevaux, et que ni l'un ni l'autre n'étaient disposés à rien faire pour m'être agréable.

Je suis heureuse de pouvoir dire qu'ils furent punis de ce crime par le sort qui leur attribua des outsiders sans valeur.

Eurydice fut, je crois, le cheval échu à Sol, pendant que Jack tirait le nom de Bicyclette.

Master Cronin eut pour sa part un cheval appelé Iroquois. Quant aux autres, ils parurent enchantés de leur lot.

Avant d'aller me coucher, je jetai un coup d'œil au fumoir, et je fus enchanté de voir Jack en train de consulter le prophète du sport dans le Champ de Courses tandis que Sol était plongé jusqu'au cou dans la Gazette.

Cette passion soudaine pour le Turf paraissait d'autant plus étrange que si je savais mon cousin capable de distinguer un cheval d'une vache, c'était tout ce que ses amis pouvaient lui accorder en fait de connaissances de cette sorte.

Les différentes personnes qui se trouvaient à la maison furent unanimes à trouver que ces dix jours passaient bien lentement.

Je n'aurais pu en dire autant.

Peut-être parce que je découvris une chose fort inattendue et fort agréable au cours de cette période.

C'était un soulagement que de me sentir exempte de toute crainte de blesser la susceptibilité de l'un ou de l'autre de mes anciens amoureux.

Je pouvais dire maintenant quel était l'objet de mon choix, de ma préférence, car ils m'avaient complètement abandonnée, et me laissaient à la société de mon frère Bob ou de master Nicolas Cronin.

Le nouvel élément d'entrain qu'avaient apporté les courses de chevaux semblait avoir chassé entièrement de leur esprit leur première passion. Jamais on ne vit maison envahie à ce point par les tuyaux spéciaux, par un tel nombre d'odieux imprimés, où il pourrait par hasard se trouver un mot relatif à la forme des chevaux ou à leurs antécédents.

Les grooms de l'écurie eux-mêmes étaient las de raconter comme quoi Bicyclette descendait de Vélocipède, ou d'expliquer à l'étudiant en médecine comment Eurydice était issue de Hadès par Orphée. L'un d'eux découvrit que la grand-mère maternelle d'Eurydice était arrivée troisième au Handicap d'Ebor ; mais la façon bizarre dont il se mettait sur l'œil gauche la demi-couronne qu'il avait reçue, tout en adressant de l'œil droit un clin d'œil au cocher, donne quelque lieu de mettre en doute son affirmation.

Et d'une voix qui sentait la bière, il dit tout bas ce soir-là :

– Ce nigaud ! Il ne s'apercevra pas de la différence, et rien que de s'imaginer que c'est la vérité, ça vaut un dollar pour lui.

XI

À l'approche du jour du Derby l'émotion s'accrut.

Master Cronin et moi, nous échangions des coups d'œil et des sourires, en voyant Jack et Sol se jeter, après le déjeuner, sur les journaux et dévorer les listes des paris.

Mais le point culminant, ce fut le soir qui précédait immédiatement la course.

Le lieutenant avait couru à la gare pour s'assurer les dernières nouvelles. Il revint toujours courant, et brandissant avec frénésie un journal froissé au-dessus de sa tête.

– Eurydice est couronnée, cria-t-il. Votre cheval est fichu, Barker.

– Quoi ? hurla Sol.

– Oui, fichu… absolument abîmé à l'entraînement, – ne courra pas du tout.

– Faites voir, gémit mon cousin, en s'emparant du journal.

Puis il le laissa tomber, s'élança hors de la chambre et descendit à grand bruit les marches quatre à quatre.

Nous ne le revîmes plus jusqu'au soir, où il reparut furtivement très ébouriffé et se hâta de se glisser dans sa chambre.

Pauvre garçon ? j'aurais sympathisé avec sa peine si je n'avais songé à la conduite déloyale qu'il avait récemment tenue à mon égard.

Depuis ce moment, Jack parut un tout autre homme.

Il commença aussitôt à me témoigner des attentions visibles, ce qui fut fort ennuyeux pour moi et pour une autre personne qui se trouvait là.

Il joua du piano. Il chanta. Il proposa des amusements de société. En somme, il usurpa les fonctions exercées d'ordinaire par master Nicolas Cronin.

Je me souviens d'avoir été frappée d'un fait remarquable, c'est que dans la matinée du Derby, le lieutenant parut avoir complètement cessé de s'intéresser de la course.

À déjeuner, il se montra plein d'entrain, mais il n'ouvrit pas même le journal qui se trouvait devant lui.

Ce fut master Cronin qui le déploya à la fin, et jeta un regard sur les colonnes.

– Quoi de neuf, Nick ? demanda mon frère Bob.

– Pas grand-chose. Ah ! si, voici quelque chose. Un autre accident de chemin de fer. Une rencontre de trains, à ce qu'il paraît, le frein Westinghouse n'a pas fonctionné. Deux tués, sept blessés et… par Jupiter ! écoutez-moi ça : Parmi les victimes se trouvait un des concurrents des jeux Olympiques d'aujourd'hui. Un éclat aigu de bois lui est entré dans le côté et cet animal de valeur a dû être sacrifié sur l'autel de l'humanité. Le nom de ce cheval est Bicyclette. Holà, Hawthorne, voilà que vous avez répandu tout votre café sur la nappe. Ah ! j'oubliais : Bicyclette, c'était votre cheval, n'est-ce pas ? Voilà votre chance à l'eau, je le crains. Je vois qu'Iroquois, qui avait une basse cote au commencement, est devenu le favori du jour.

XII

Paroles significatives, et je ne doute pas que votre perspicacité ne vous l'ait appris, au moins depuis les trois dernières pages.

Ne me traitez pas de flirteuse, de coquette avant d'avoir pesé les faits.

Tenez compte de mon amour-propre piqué du soudain abandon de mes amoureux, songez combien je fus charmée de l'aveu que me fit celui dont j'avais voulu me cacher l'amour, alors même que je le lui rendais, songez aux occasions qui s'offrirent à lui et dont il profita pendant tout le temps que Jack et Sol m'évitèrent d'une manière systématique et pour se conformer à leur ridicule convention.

Pesez tout cela, et alors qui d'entre vous jettera la première pierre à la jeune fille rougissante qui fut l'enjeu de la cagnotte du Derby ?

Voici la chose, telle qu'elle parut au bout de trois mois bien courts dans le Morning Post : « 12 août – À l'Église de Hatherley, mariage de Nicolas Cronin, Esquire, fils aîné de Nicolas Cronin, Esquire, de Woodlands, Cropshire, avec miss Eleanor Montague, fille de feu James Montague, Esquire, juge de paix, à Hatherley House ».

XIII

Jack partit en déclarant qu'il allait s'offrir comme volontaire dans une expédition en ballon pour le Pôle Nord. Mais il revint trois jours après, et dit qu'il avait changé d'intention.

Il voulait refaire à pied le trajet parcouru par Stanley à travers l'Afrique équatoriale.

Depuis, il a laissé échapper une ou deux allusions pleines d'amertume aux espérances déçues et aux joies ineffables de la mort ; mais tout bien considéré, il continue à se porter fort bien, et récemment on l'a entendu grogner en des occasions telles que du mouton pas assez cuit et du bœuf trop cuit, allusions que l'on peut à bon droit regarder comme des indices de bonne santé.

Sol prit la chose avec plus de calme ; mais je crains que le fer ne soit entré plus profond dans son âme.

Toutefois, il se remit d'aplomb comme un garçon courageux qu'il était.

Il poussa même la hardiesse jusqu'à désigner les demoiselles d'honneur, ce qui lui fournit l'occasion de se perdre dans un labyrinthe inextricable de mots.

Il se lava les mains de la phrase rebelle, et la coupa en deux pour s'asseoir, succombant à sa rougeur et aux applaudissements.

J'ai entendu dire qu'il avait pris pour confidente de ses douleurs et de ses déceptions la sœur de Grace Maberly et trouvé en elle la sympathie qu'il en attendait.

Bob et Grace se marient dans quelques mois, et il se pourrait qu'un autre mariage ait lieu à la même époque.